DRÔLES DE PETITES BÊTES!

JOANNE OPPENHEIM

RON BRODA

Texte français de
Cécile Gagnon

Les éditions Scholastic

À Toni
J.O.

À mes petites bêtes à moi
Taylor et Eden Broda
R.B.

L'illustrateur désire remercier Joanne Webb
pour son aide apportée à la réalisation de la page 30 — une idée géniale!
Merci aussi à William Kuryluk pour le beau travail de photographie.

Les illustrations de ce livre ont été réalisées avec du papier sculpté et de l'aquarelle.
Chaque couche a été découpée, façonnée et peinte avant d'être collée en place.
Les sculptures terminées ont été alors éclairées soigneusement et
photographiées pour l'image finale.
Photographie de William Kuryluk.

Données de catalogage avant publication (Canada)

Oppenheim, Joanne
Drôles de petites bêtes!
Traduction de: Have you seen bugs?
ISBN 0-590-24323-3
1. Insectes - Ouvrages pour la jeunesse. I. Broda, Ron. II. Titre.
QL467.2.O7713 1996   j595.7   C96-930277-0

Édition publiée par Les éditions Scholastic, 123, Newkirk Road,
Richmond Hill (Ontario) L4C 3G5.

6 5 4 3 2 1 Imprimé au Canada 6 7 8 9/9

Drôles de petites bêtes!

Bestioles minuscules
à peine remarquées,

bestioles géantes
aux ailes déployées,

2

voici les rayées,
les picotées,
les brillantes
comme le métal
et les mouchetées.

Bestioles étincelantes
comme des miroirs,

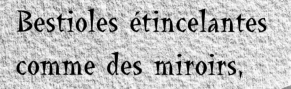

petites bêtes scintillantes
qui clignotent dans le noir.

4

Ici des brunes,
là des vertes,
celle-ci aux ailes
comme du verre.

Bestiole cachée
dans la feuillée,

es-tu une épine?
Une tige
ou une feuille?

Dis-moi où te trouver.

6

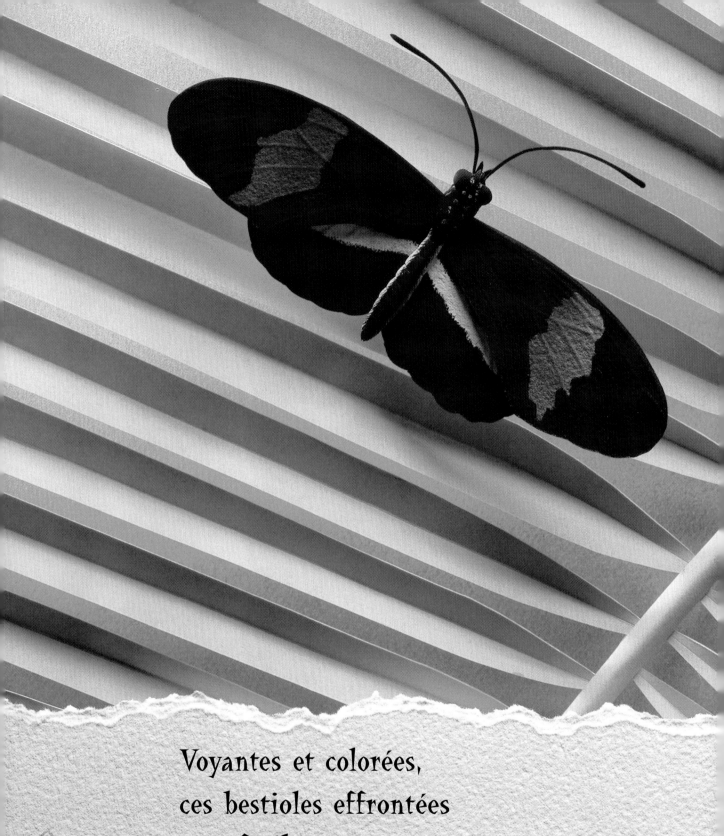

Voyantes et colorées,
ces bestioles effrontées
sont faciles à repérer
mais attention!

8

Leurs taches donnent un avertissement :
Je suis pleine de poison!
Je pue! Va-t-en!

Vois-tu bouger
les petites bêtes?

Des bêtes à longues pattes
bondissent dans les airs,
des bêtes à courtes pattes
filent à ras de terre.

10

Quelques agitées
sautent brusquement,
et les flâneuses
se traînent en rampant.

Voici les sportives
toujours en mouvement
plongeant et nageant.

12

Elles traversent les plafonds,
escaladent des murs,
et certaines remuent à peine.

13

Les insectes aquatiques vont marcher
et patiner sur le ruisseau,
ou plonger
          jusqu'au fond de l'eau.

14

Certains rament,
    virevoltent,
        glissent et planent.
Les vois-tu?

15

Entends-tu les petites bêtes?

Frottant leurs pattes,
agitant leurs ailes,
elles chantent
divinement.

16

Dans les buissons, les criquets
attendent la fin du jour
pour se frotter les ailes
et lancer leur cri d'amour.

Les petites bêtes
sans oreilles,
avec leurs pattes
entendent à merveille.

Elles ont des antennes courbées
pour sentir et savourer,
des petits poils folichons
pour trouver un compagnon.

Comment mangent-elles?

Les mâchouilleuses adorent croquer,
mâcher et couper.
Les papillons, eux,
préfèrent aspirer.

L'une adore les plantes,
l'autre la viande!
Celle-ci raffole du sucré,
celle-là, du sang bien frais!

Viens voir les bébés!

Les oeufs se retrouvent
sous l'eau, sous la terre,

dans d'étranges lieux,
dans la ruche,
sous une feuille,
même dans les cheveux.

Et les bébés
naissent de ces oeufs,
ici
ou là!

Bestioles toutes petites
qui grandissent vite,
rejettent leur peau,
qui les serre trop.

24

Et les chenilles
se tissent un cocon
où les ailes se fabriquent.
C'est presque magique!

25

Tiens! des bestioles au boulot.
D'une fleur à l'autre
elles butinent en volant,

transportant le pollen
des jardins odorants.
Sans elles,
on n'aurait pas de fruits,
ni orange ni poire,
ni pomme à croquer,
ni un seul grain de blé!
À vrai dire,
pas grand chose à manger!

Pour creuser des tunnels,
pour construire des nids,
filer des toiles,
ranger et surveiller,

elles travaillent sans répit
le jour et la nuit.

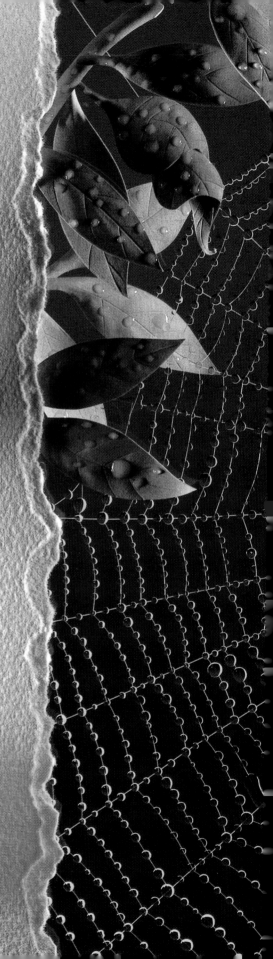

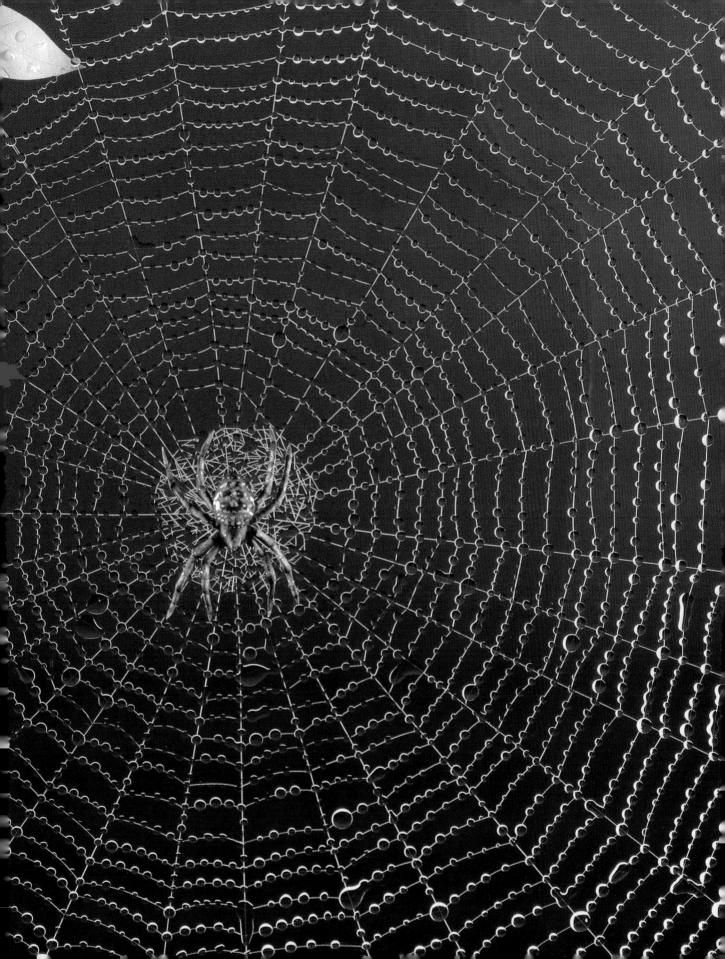

Luisantes et poilues,
minces ou dodues,
on trouve des bestioles
à peu près partout.

As-tu trouvé
des troupeaux de fourmis,
des pelotons de puces,
des armées de mites,
des essaims d'abeilles?

Ouvre les yeux!